한 줄의 시로 오늘을 건너다

임 경 록 시집

파란하늘

시인의 말

마음을 지켜야겠다
상처 입은 마음, 병든 마음, 괴로운 마음,
치유해야겠다

사랑에 실패하고 가난에 슬퍼하고
고독에 몸부림친다

논에 가서
개구리알 올챙이 청개구리 소금쟁이
보고 싶다

냇가에서 미꾸라지 잡던 유년 시절이
그리움으로 밀려온다
유년의 친구들은 어떻게 지내는지
따뜻한 그리움으로 다가온다

마음먹기에 달렸다고 한다
내 마음을 점검해 봐야겠다
성결하고 정결하고 따뜻한 마음

상처 입고 병들고 괴롭고
아프고 슬프고 쓰라린 마음 버리고
훈훈하고 따뜻한 마음으로 살아야겠다

2026년 봄
서울 자곡동에서

차례

차례

차례

1부

시 한 줄

보약 같은
살아있는 시 한 줄 쓰고 싶다

시 한 줄

대학교 때 한 권의 시집에 실린

한 줄의 시

정신병원에 창기형이 누워있다

나는 이 시 한 줄의 충격에 빠졌다

시 한 줄의 힘

내게 시를 쓰게 만들었다

한 줄의 시는

절망에 빠진 내게

희망의 빛이 되어 주었다

보약 같은

살아있는 시 한 줄 쓰고 싶다

외출

시내버스를 타고 가다가
창밖을 봤는데
하늘 아래 흰 구름이 떠 있고
비행기가 날아간다

버스에서 내리니
칼바람이 불고

병원에 들렸다가 나와서
신호등을 기다리고 있었는데,
조그만 차도 앞에 트럭이 서 있었다

뒤에 있는 버스와 승용차들은
크락션을 빵빵 눌러대고 있었고
시끄러웠다

버스 정류장에 갔는데

사내 두 명이 다투고 있다가

버스를 타고 갔고

뒤에는 경찰차가 서 있었다

집으로 돌아오는 길에는

하늘에서 흰 눈이

내리고 있었다

풀꽃 1

문학의집 · 서울 정원에는
풀꽃들이 어깨동무하고 피어 있다

흰나비 한 마리
꽃잎에 앉았다가 날아간다

햇살 따뜻한 봄날
꽃처럼 아름답게 살라고 한다

보잘것없는 작은 풀꽃
누가 보아주지 않아도 피어 있다

외로운 나를
위로하는 풀꽃들

풀꽃 2

버스를 기다리다 문득 뒤를 보니
아스팔트 틈 사이로 풀꽃들이 피어 있다

벌 한 마리 꽃잎에 앉아 있다

비바람과 눈보라를 맞으며
마침내 아스팔트를 뚫고
올라온 여린 풀꽃들

작고 낮은 곳에서 함께 핀 너
낮은 자세로 살아가는 너
아스팔트를 뚫고 올라온 너

봄비

수서역 근처 치과에서 스케일링하고
단골 미용실에서 염색하고 밖으로 나왔다
비가 부슬부슬 내리고 있었다

비에 젖은 새 한 마리
날갯짓이 무겁게 보였다
우산을 쓰고 있는 사람보다
비를 맞고 있는 사람들이 더 많았다

초록으로 물든 낮은 산

집에 가는 버스를 타고 창밖을 보니
젖은 나무들과 꽃들이 싱그럽게 보였다
아이들처럼 활짝 웃고 있는 꽃들
이슬비에 젖은 새들의 날갯짓

외출해서 집으로 돌아오는 길

대지가 단비를 만나서 생기가 돌았다

나도 푸르러졌다

10원의 행복

마트에서 식품을 사고
현금 계산을 하는데
십 원짜리 하나가 없었다

여직원이 10원을 보태준다고 했다
나는 기분이 좋았다

작은 것에 행복을 느끼게 해준
여직원에게 "감사합니다"라고 말했다

무거운 짐을 들고 집으로 오는데
짐이 무거워 도중에
조금씩 쉬었다 왔다

감동과 행복을 안겨준
10원의 행복은 내 마음을
가볍게 해주었다

들고양이

1부_ 시 한 줄 · 19

문학의집 · 서울 앞

승용차 아래

고양이 한 마리 앉아 있다

밥은 먹었는지

잠은 어디서 자는지

안쓰럽게 보인다

홀로 풀밭에 앉아

나를 바라보고 있는 고양이

얌전한 너를 보니

내 마음이 평화로워진다

마을버스를 놓치다

신호등에 걸려

03번 마을버스를 놓쳤다

그 순간 주위를 둘러보았는데

벚꽃 개나리 진달래 민들레 풀꽃들이

만개하여 있었다

비둘기가 날고

나뭇가지에는 까치가 앉아 있었다

마을버스는 놓쳤지만

봄꽃들과 새들을 만났다

새들의 노래가 경쾌했다

마을버스는 지나갔고

다음에 온 버스를 탔다

놓친 것은 그냥 흘러가도록 놔두고

다가오는 것을 올라탔다

봄날

마을버스는 놓쳤지만

다음 버스를 기다리면서

봄꽃들과 새들을 만나는

행운을 얻었다

나비

마을버스를 타고 가다가 창밖을 보니
풀숲에 나비 두 마리 팔랑팔랑 날고 있다
다소곳 앉아있는 풀꽃들
날개가 햇살을 받아 파랗다

꽃들은 침묵하고
나비는 짝을 지어 날갯짓한다
나무 의자에는 사람이 앉아 있고
비둘기 두 마리가 먹이를 쪼아 먹고 있다

눈보라의 칼바람에 단련된 봄꽃들은
나비를 만나서 꿈을 꾼다
나비는 높이 나는 새를 부러워하지 않고
낮게 낮게 날갯짓하며

꽃과 함께
가난한 마음을 함께 나눈다

건강

밥상에서 쭈구려
기도인도글을 40여 분 쓰고 일어났는데
허리가 아파서 집 앞 병원에 갔다

엉덩이 주사 맞고 약 처방해서 먹고
파스를 붙였는데도 허리가 아프다

이틀 후
정형외과에 가서 CT를 찍었는데
허리가 조금 휘었다고 한다
다행히 디스크나 협착증은 아니라고 해서
안도가 되었다

물리치료를 받고 처방약을 받고
수서역에서 3호선을 타고 충무로역에서 내려
문학의집 · 서울로 왔다
문집 앞에는 흰 눈이 쌓여 있었다

지하철 안에서

지하철 안에서는

길가에 핀 꽃 같은 아이가

유모차에 앉아서 그림책을 보고 있다

앉아있던 할매가

젊은이가 앉아서 가야 된다고

자리를 양보하는데 젊은이는 앉지 않는다

지하철 안에서

자리를 양보하는 마음들이 있기에

가난하지만 행복하다

비둘기

수서역 5번 출구 앞
비둘기 세 마리 걷고 있다

비둘기들이
자동차 소음과 매연에 시달리고 있다

걷는 게 익숙해졌는지 날지 않고
거리에 도둑고양이처럼
떠도는 새가 되었다

신호등에 파란 불이 켜지면
사람들은 길을 건너는데
비둘기는 모의 주변만 맴돌고 있다

기리에 소음과 매연에
고달파하지 말고
날개를 펴고 날아오르길 바란다

봄 뒤뜰에서

문학의집 · 서울
뜰 앞에 봄꽃 피어 있다

서 시인님 꽃과 함께
사진 찍는 걸 좋아하셔서
나를 보면 사진 찍어 달라고 하신다

푸르게 빛나는 풀과 풀꽃들
인생 봄날 예고한다

문학의집 · 서울 뜰을 걸었던 것이
예닐곱 해

아담한 뜰
벌 나비 낮게 날고
꽃과 친구가 된다

나무

충무로역 4번 출구로 나와
문학의집 · 서울 올라가는 길
숲속에 나무가 서 있다

나뭇가지 위 새 한 마리 앉아
노래 부르다 날아간다

비와 눈 꽃과 새를 벗 삼고
무더위에 그늘을 드리운 나무

커다란 나무가 되기까지
어떤 날은 미치게 울부짖으며
괴로운 세월을 보냈을 것이다

바람이 분다
나뭇가지가 흔들린다
나도 저렇게 흔들린 적이 있었다

호박잎

배고픔을 잊게 하고

살과 피가 되게 하는 너

너는 모든 것을 내게 주었으나

나는 너에게 줄 게 없구나

너의 희생과 사랑이

하늘보다 크고 바다보다 넓구나

너는 꿈도 희망도 없이

오직, 나의 생명이 된다

집에서

번호키 세탁기 변기가 고장 났다
고쳐주는 분들이 있어
기분이 상쾌하다

외출할 때에는
전기코드 가스레인지를 점검하고

집에 있을 때면
TV를 보거나 책을 읽거나 글을 쓴다

에어컨 선풍기를 틀고 있으니
집 안이 시원하다

저녁에 하는 프로야구 시간을 기다리며
즐길 준비를 한다

새

풀밭에는 참새 여러 마리가 모여

합창을 하고

나뭇가지 위 까치들은

하늘 높이 날아오른다

능소화는 피어있고

새들은 이 나무에서 저 나무로 옮겨 다닌다

푸른 숲속에는 낮게 나는 나비

비둘기 두 마리 짝을 지어

먹이를 쪼아 먹고 있다

푸르디푸른 풀밭에서

참새들 포르르 날아다니고

까치들은 나뭇가지에 앉아 노래 부른다

비둘기 짝을 지어 다니는

평화로운 오후

2부

어머니와 풀꽃

피 땀 눈물로
풀꽃 같은 나무를 키우셨다

어머니와 풀꽃

집 앞 후미진 곳
풀꽃들이 피어 있다

꽃이 필 때마다
새들이 노래하고
벌들이 춤을 추고
나비들이 낮은 걸음으로 달려온다

어머니는
해 달 별
햇볕 눈 비와 더불어
피 땀 눈물로
풀꽃 같은 나무를 키우셨다

어머니

어두운 거리에 가로등

어릴 적 내가 그랬듯

비둘기 두 마리 눈을 깜빡거리고 있다

새가 지저귀는 소리

어머니의 찬송가 부르는 소리

몸과 마음이 상처를 입고 있을 때

어머니는 나를 데리고 교회로 갔었고

늘 나를 위해 기도하셨다

지금은 서울로 이사 와서

15분 정도 걸리는 교회에 다닌다

교회 가는 길이 재미있다

옛날에 어머니께서 주님을 부르실 때마다

나는 공포스럽고 무섭고 두려웠다

마음이 괴로웠던 적이 있었다

못난 나 때문에 통곡하시던 어머니
부모님을 공경해야 하는데
원망하고 미워했었다

열 달을 품고 빛을 보게 하신 어머니
하나님이 모든 사람을 돌볼 수 없어서
어머니를 보내셨다는 말이 있다

할머니 댁

전남 구례군 용방면 신지리
유년 시절 겨울방학이 되면
마당에 눈이 쌓이는 할머니 댁에 가곤 했었다

그때마다 할머니께선
홍시와 깨잘을 주곤 했었다

매주는 누렇게 익어가고
부엌에서 군불을 때시던 할머니
앞집 사내아이는
가끔 도시에서 온 나를 찾아와서
말없이 얼굴만 쳐다보다가 돌아갔다

얼마 후 할머니께서 눈 녹듯이 하늘로 가셨고
나는 눈물이 말라가고 있었다

할머니 댁 마당에 쌓인 눈이 떠오르면

시름시름 앓고 있던 내 마음이

기쁨으로 회복된다

처마 끝에 고드름 따먹던 어린 시절

나는 할머니께서 들려주시던 옛날이야기를 듣고

잠시 잠이 들곤 했었다

지금도 할머니 댁엔 겨울이 오면

마당에는 눈이 쌓이지만

할머니께선 계시지 않는다

지하철 3호선

수서역에서 충무로역까지
지하철에 몸을 기댄다
지하철 안에는 젊은 사람들이 주류를 이루고
아이들은 드물게 보인다
몸도 마음도 지친 사람들이 눈을 붙이고 있고
간혹 자리를 양보하는 사람들

압구정역에서 옥수역이나 금호역에 가는 길은
한강이 보이는 지상으로 달린다
잠시, 기분이 환기된다
대중교통을 이용하는 사람들에게
감사하다는 말이 전광판에 나오고
서민의 발 지하철은
오랜 친구처럼 편안하다

하루의 시작과 마지막을
함께하는 지하철

케이크를 들고 꽃다발을 들고
가방을 메고 목적지로 향하는 사람들

3호선 수서역에서 충무로역까지 가는 길은
자리에 앉아서 가는 사람들과
서서 가는 사람들
지하철 안에는 지쳐 보이는 사람들이
한강처럼 출렁인다

눈 내리는 날

아카시아꽃처럼
눈송이 흩날린다

빙판길을 조심히 걷다가
수서역 6번 출구에서 03번 마을버스를 탔는데
옆길에 오토바이가 넘어져 있다

순백의 나뭇가지마다 눈꽃은 피고
겨울나무는 추위에 떤다

눈 내리는 날 서울의 눈은
내 고향 할머니 댁 앞마당의 눈이다

눈보라에 두터운 외투를 입고 장갑을 끼고
추위를 견딘다

버스 안에서는 한 여자가

교통사고가 났다고 말한다

나는 고개를 돌려보았고

여자도 고개를 내밀고 사고 현장을 보고 있다

눈 내리는 날

어둠이 짙어가는 저녁

눈은 내려서 쌓인다

붕어빵 가게에서는 따뜻한 김이 피어오르고

손을 호호 불며 붕어빵을 먹는

아름다운 여인 하나

만남

풀숲에는 새 한 마리 먹이를 쪼아 먹고

나뭇가지에 앉아 있던 새들은

포르르 날아오른다

가을 단풍은

빨갛게 노랗게 물들어

눈을 즐겁게 한다

갈매기 벗 삼아 홀로 걷는 바닷가

외로움은 별처럼 빛난다

그리운 이가 생각날 때마다

마음은 괴롭지만

은빛 파도가 되어 가슴은 따뜻해진다

만나고 헤어지고 헤어지고 만나고

우리는 왜 헤어져야만 하는 걸까

하늘 바다 산 같은 사람 하나

만나고 싶다

아버지

내가 태어나기 전에 어린 아들이
하늘나라로 가셨다고 한다
그래서 아버지는 내가 태어났을 때
가장 행복했다고 하셨다
나에게 큰 산과 같았던 아버지는
인간미가 황혼에 이르러 더욱 눈이 부셨다
나 같은 불효자를
사랑으로 감싸주는 아버지의 넉넉한 마음
몸소 사랑을 가르쳐 주시는 아버지
주름진 얼굴이 보석보다 값지게 다가온다
1940년생 아버지
고난과 시련을 온몸으로 받아들이셨던
아버지는 바다며 산이다

감사

바다에서 순항하는 배처럼 살다가

태풍을 만난 듯이 위험에 빠져 있었지만

태풍은 지나가고 파도는 잔잔해졌다

의자에 혼자 앉아 있는 노인

가을 낙엽들이 다 지고 난 후

앙상한 나뭇가지만 있는 가을나무처럼

쓸쓸한 노인

한때는 꽃 같은 시절이 있었지만

노인 혼자서 의자에 앉아 있다

고독도 감사하는 마음으로 살아가겠다

아버지께

아버지
요즘 제가 건강이 많이 흔들리고 있어요
속도 편치 않고 머리도 어지럽고
힘이 많이 듭니다

아버지도 많이 힘드시죠
음식도 잘 못 드시고
건강이 많이 안 좋으신 아버지
이 못난 아들이 걱정이 많습니다

목욕탕에서
아버지의 등을 미는 순간
힘이 들 것 같았는데
힘이 들지 않더군요

아버지
여든다섯 해를 사시면서

얼마나 수고가 많으셨어요

고민하고 방황하던 제가

시를 씁니다

뭐가 시고 사는 게 뭔지 모르고

돈도 벌지 못하지만

묵묵히 이 길을 걸어갈 수밖에 없는

운명인가 봅니다

아버지

요즘 제가 힘이 듭니다

옷

비바람 눈보라를 맞아도
따뜻하게 해주는 옷

03번 마을버스 창밖으로
가을 하늘 아래
흰옷으로 갈아입고 흐르는 구름

지하철 3호선 안에는
사계절 옷을 갈아입는 나무

어머니는
좋은 옷 입고 다니라고
옷 한 벌 건네신다

펜

모 시인님이
볼펜 하나를 선물로 주셨다

펜은 칼보다 강하다
사람을 죽이기도 하고
사람을 살리기도 한다

만년필은 아니지만 볼펜으로
영혼과 마음의 병을 치유하는
글을 쓰고 싶다

펜과 벗이 되어
평생을 함께하고 싶다

펜에
내 운명을 걸고 싶다

4월

우리 동네 벚꽃 개나리
활짝 웃고 있다

땅 위에는 솔방울 돌멩이들이
오손도손 모여 침묵하고 있다

겨울
몸과 마음은 추웠으나
4월을 맞이하여 꽃을 피웠다

꽃들은 피었는데
문상을 가지 못한 나는
천국 가는 너에게
꽃 한 송이 마음으로 건넨다

여기는 비가 오는데
내가 가는 마지막 그 길에도

비가 내렸는지 궁금하다

벚꽃과 개나리
너를 애도하고 있다

세상에서 가장 귀한 것

친구가 군대에 가는데 친구 어머니께서
배웅을 하시면서 육교 위에서 우신다

우리 어머니는
못난 나 때문에 눈물을 흘리시며
통곡하신 적이 있었다

눈물 없이 살아가는 삶이 있을까
눈물은 장미꽃보다 아름답다

세상에서 가장 귀한
어머니의 눈물

까치

우리 집 근처 숲에는
까치가 날아다닌다

죽어서 새가 되고 싶다던
이 선생님은
가을바람 부는 날
낙엽 한 잎 떨어지듯 그렇게
하늘로 가셨다

새장 속에 갇힌 새가 아니라
숲과 나무 사이 푸른 하늘
자유롭게 나는 한 마리 새가 되신
선생님

새가 지저귀는 소리를 듣고 있으니
오늘따라
선생님이 그리워진다

그리운 이여

물리치료를 받고

이발을 하고 먹을 것을 사고

교통카드를 충전하고

마을버스를 타고 집으로 간다

태양은 뜨겁게 타올라

땀이 흐르고

물 한 잔이 생각난다

숲속에는 새들이 노래하고

풀벌레들은 장단을 맞추고

꽃과 풀은 나를 위로한다

사막에 오아시스가 있고

메마른 땅에 시냇물이 흐르듯

내 고독한 영혼에

샘물 같은 누군가가 있다

펜팔 하던 소녀와

첫 만남을 가졌던

충장로 광주우체국 옆 찻집이 떠오른다

그리운 이여

어디서 뭘 하고 사는지 궁금하다

음악회

서 대표님 초대를 받고
돌체열린음악회에 다녀온 적이 있다

양재시민의숲역 5번 출구로 나오면
매헌 윤봉길 의사 기념관이 있다
돌체음악회가 열리는 곳이다

시에 곡을 붙여 가곡이 되어
흘러나오는 노래는
아침 이슬처럼 새들의 노랫소리처럼 맑고 깨끗하다

마음이 즐거워지고 눈은 호강하고
기분이 좋아지는 가곡을 들으니
비상하는 한 마리 새처럼
내 마음도 날아오른다

다친 몸 마음 영혼을 만져주고

회복시키는 가곡

메마른 대지에 내리는 단비 같고

땀 흘리고 난 뒤 마시는 한 잔 물과 같다

아이의 울음소리

수서역 근처 정형외과에서
물리치료를 받고 있는데
어디에선가 아이의 울음소리가 들린다

그 소리가 너무 반가워서
만병통치약이 되어
내 몸을 회복시킨다

아이의 울음소리를 들은 지가
언제였던가

유모차에는 아이가 아니라
개를 데리고 다니는 사람들

아이가 귀한 나라가 되어 가고
결혼을 포기하는 젊은이들

아이 울음소리가 나를 기쁘게 한다
모처럼 내 몸이 활기를 찾는 것 같다

겨울 칼바람에도 아이의 울음소리는
꽃이 되어 나를 활짝 웃게 한다

결혼식장에 다녀와서

장로님 아들 결혼식장에 가려고
교회에서 모여 청량리에 있는
결혼식장으로 향했다

도착해서 축의금 하고 식권을 받아서
식사하고
예식장으로 들어갔다

하객들은 선남선녀 같은
젊은이들의 행복을 빌어주었다

요즘 결혼과 출산율이 낮다고 한다
젊은이들의 앞날에 다복과 다산이 있기를
손모아 기도했다

결혼식을 마치고 차를 타고 돌아가는데
차 창밖으로 비가 추적추적 내렸다

거리에서 할머니 한 분이 종이를 줍고 있었다

집에 돌아왔는데
할머니가 눈에 밟혔다
내가 해줄 수 있는 건 기도밖에 없어
간절한 마음으로 기도했다

야쿠르트 아줌마

수서역 근처에서
유심보호서비스를 받고
집으로 들어가는 길에
야구르트 아줌마를 만났다

우유 하나 사고
집으로 들어왔다

우유 하나 샀는데
"감사합니다"라고 말한다

우유는 육체의 양식이 되고
"감사합니다"라는 말은
영원의 양식이 된다

시냇가에 심은 나무와 같은
야쿠르트 아줌마

미소

아이처럼 활짝 웃고 있는

금계국

우울한 내 마음 씻어준다

3부

넘너리 바닷가

갈매기들의 힘찬 비상과 더불어
나의 꿈도 날아오른다

넘너리 바닷가

마트에서 아이스크림을 사서 먹고

바닷가를 걷는다

새벽

넘너리 바닷가에는

낚시를 하는 사람들이 있고

달빛 환한다

방파제 옆을 홀로 거닐며

출항하는 선박들의 뱃고동 소리를 듣는다

거친 파도와 어둠을 뚫고 달리는

선박들의 힘찬 항해와

바다와 더불어 살아가는 바닷가 사람들

새벽안개를 가르며

만선을 꿈꾸는 뱃사람들의

소박한 삶

달빛을 이고 넘너리 바닷가를 거닐면

갈매기들의 힘찬 비상과 더불어

나의 꿈도 날아오른다

빛

아파트 승강기가 고장 나서

11층까지 계단으로 걸어서

올라간 적이 있었다

중간쯤 올라가는데

자동 형광등이 켜지질 않는다

암흑이었다

공포가 밀려왔다

아래에서 어머니께서 올라오시자

아래층 불빛이 켜졌고

나는 휴대폰 불빛을 켜고

무사히 11층까지

편히 올라올 수가 있었다

암흑은 공포였다

빛의 소중함을 배웠다

누군가의 한 줄기 빛이 될 수 있도록

두 손 모아 보았다

민주주의

어릴 적 주택에서 살았던 나는
옥상에 올라가서
건너편 집 옥상으로 뛰어다니며
놀던 때가 있었다
그때는 무서움과 두려움이 없었다

1987년 중학교 2학년 때 6·10항쟁이 있었고
6월 29일 대통령 직선제가 선포되었다
여수 어항 단지에서 대통령 후보 연설회를 본 후
번데기를 1,000원어치 사서 집으로 가는 길에
한 사람이 집단 폭행을 당하고 있는 것을 보았다
나는 왜 때리냐고 물었다

그곳을 빠져나간 후 버스 정류장으로 향했다
그다음 날 시민회관에서 집회가 있다는 걸 알았고
나는 그 집회에 참석했다

이상하게 보이는 사람들이

집회자들을 교육시키고 있었고

나는 어리다는 이유로 집으로 돌아가라고 했다

나는 성장했고 광우병과 탄핵을 위해

광화문에서 촛불를 들었다

민주주의는 피를 먹고 자라나 보다

물리치료

교회의 장로님과 안수 집사님들과 함께
오전에 대모산 산행을 했다
그동안 산행을 안 한 지 오랜 시간이 지나
두려운 마음이 앞섰는데

역시나 오르막길과 내리막길에서
힘이 들었다

평평한 길은 수월했다
그래도 오르막길에서 밀어주는 사람이 있어
조금은 편했다

나비 한 마리 날아다니고
고라니가 뛰어다녔다
등산객도 삼삼오오 보였다

하루가 지나고

양쪽 종아리에 알이 배어 통증을 느꼈다

물리치료를 받으러 갈까
며칠 경과를 지켜볼까 하다
물리치료를 받으러 갔다

며칠 치료받고 돌아오는 길
푸른 신호등을 건너는데
많이 편안해졌다

독감 예방주사를 맞았다

물리치료를 받고

독감 예방주사를 맞으러 내과로 갔는데

점심시간이었다

옆에 있던 약국 아저씨가 들어와서

기다리라고 했다

나는 기다리면서

대일밴드 소화제 비타 500을 사고

병원 문 열리기를 기다렸다

병원 문이 열렸고

의사 선생님은

음주 목욕 운전 무거운 것을 들지 말라고 했다

나는 독감 예방주사를 맞고

마트에 들러 찹쌀과 빵집에서 빵을 사고

버스 타고 집으로 왔다

자린고비

욕심이 많아

먹는 것조차 잘 먹지 못하고

자신에게 인색한 사람

머슴살이로 가난하게 살다가

재물을 모으고

남에게 나누고 베풀었던 사람

공수래공수거

가난하더라도

욕심을 버리고 마음을 비우고 사는

풀꽃이 되리라

우산

맑은 날에도

나의 가방엔 우산이 들어있다

교회에서 예배를 마치고 나오는데

비가 보슬보슬 내린다

나는 우산을 쓰고 집으로 돌아왔다

언젠가 비가 오는 날

노老 시인과 함께 있었는데

나는 우산을 같이 쓰려고 했지만

노老 시인은 괜찮다고 하시면서

나 혼자 쓰라고 하셨다

비를 맞는 게 편해서 그랬을까

아니면 나를 위해서일까

나는 아직도 모르겠다

비가 오면 비를 맞고

바람이 불면 바람을 맞고

노老 시인은

1999년 59세의 나이로 세상을 등지셨다

가끔 비가 내리는 날이면

그리움이 빗물처럼 쏟아진다

오늘도 나는 맑은 날에도

가방에 우산을 넣고 다닌다

바다

슬픔이 밀물 되면

바다를 찾는다

사랑은 썰물 되고

갈매기들이 쓰는 시는

은빛 바다가 되어 빛난다

사랑한다는 것은

뼈와 살을

내어주는 것

사상과 이념

가난과 고독에 대해

할 말은 많았으나

침묵하고 있었다

꼬막잡이 배를 타다

바다에서 생을 마감한 이는

별이 되고
나는 문상을 가지 못했다

고래 한 마리 가슴에 품고
모든 것을 받아들이는
바다처럼 사랑하리라

외로울 때면
바닷가를 거닐 것이다

반지

어디서 흘렸는지

손가락을 보니

금반지가 보이질 않는다

금반지를 잃어버린 후

마음은 힘들고 괴로웠지만

미련은 두지 않기로 했다

금반지는 어디에 있을까

잃어버린 것은 잃어버린 대로

미련을 버리자

반지보다 더 값진 마음을 얻자

들꽃

충무로 4번 출구로 나와

문학의집 · 서울로 올라가는 길가

들꽃 피어 있다

흔들리면서 피어있는 너와

정이 쌓여가는데 이별이 다가오고 있다

너의 모습이 많이 그리울 것 같다

여리디여린 너의 모습이 그리운 저녁

너를 아끼고 섬기고 사랑하고 싶다

저녁이면

노을 한 폭 사랑하는 마음으로

길가에 피어 있던

내가 보고 싶을 것이다

자곡동 1

교회 차를 기다리고 있는데

풀밭 꽃 위에 노랑나비 한 마리 앉아서

날갯짓하고 있다

힘차게 날아오르는 직박구리

그리고 까치 한 마리

나뭇가지 위에 앉아 있다

개나리꽃 환하고

담장 아래 노랑제비꽃 피어있다

외투를 벗고 가벼운 옷차림으로

갈아입었다

돌아오는 길에 보았는데

나비는 없고 한 송이 꽃만 있다

푸른 새싹들

앞다투어 꽃을 피워 올리고 있다

자곡동 2

집에서 TV를 보거나 책을 읽고
공기나 물 밥 같은 글을 쓰고 싶다

아침 안개처럼
풀잎에 맺힌 이슬처럼
가진 것은 작지만 나누고 베푸는
길을 걸어가고 싶다

앙상한 나뭇가지 위에
새 한 마리 앉았다가
이 가지 저 가지로 날아다닌다

빈부격차와 정치적 혼란
차별과 좌우를 버리고
마음의 평화와
영혼의 안식을 기도한다

이슬

문학의집 · 서울 오르는 길가
풀잎에 앉아 있는 이슬을 보면
내 마음도 청결해진다

지하철에서 마주친 흑인들의 눈망울이
이슬처럼 순수하게 떠오른다

작지만 빛나는 너의 모습
이슬은 한 곳에 모여 둥글게 살라고
이른 아침 풀잎에 앉아 기도한다

밥

주일날 3부 예배를 마치고
교회 식당에서 점심 식사를 하는데
앞자리에 앉아 있던 박 장로님께서
임 집사 밥으로 시 한 편 써 보라고 하신다

박 장모님은 세상에서 가장 힘든 일이
시 쓰는 일이라고 하신다

흰쌀밥에 김치, 어묵, 부침개, 된장국이 나왔다
쌀 한 톨의 소중함과 농부의 수고를
감사하며 맛있게 먹었다

아프리카 우간다에서는 어린이들이
고된 노동과 일주일에 한두 끼 먹는다고
TV 방송에 나온다

노동과 굶주림에 몸도 마음도

상처받는 아이들에게

나의 시가 따뜻한 밥 한 공기처럼

피와 살이 되고 영혼의 양식이 되라고

나는 기도한다

임직식

교회에서 10년 만에
안수집사가 되었고
임직식이 있었다

여동생 내외가
축하하러 왔고
기쁜 마음으로 꽃다발을 받았다

어머니와 여동생과 나에게
매제는 사진을 찍어주었고

임직식을 마치고 이른 저녁을 먹고
매제는 어머니와 나를
집에까지 태워주었다

직분을 받으니
책임감이 느껴졌다

하나님 사랑이 이웃 사랑을

듣고 이해하는 것보다

실천하며 살아가야겠다고 생각했다

가을 세곡교회

새 한 마리 빈 의자에 앉아 있다
바람에 떨고 있는 잎새들
나뭇가지 사이로 내려오는 햇살

메마른 가슴에
시냇물이 흘러가고
돌 같은 마음이
새털처럼 가벼워지는 오후다

짝 잃은 새 한 마리가 부르는
구슬픈 노랫소리에
천지가 운다

빨갛게 노랗게 물드는 가을
첫사랑의 첫 만남이 생각난다

나는 빈 의자에 앉아

꽃처럼 별처럼 환하게 웃으며

지나가는 아이를 바라보았다

십자가

고난의 십자가 지고
머리에 가시 면류관
손과 발엔 못이 박히고
허리는 창으로 찔림을 당하신
예수 그리스도

죄인을 구원하기 위해
머리에서 발끝까지
붉은 피 쏟아내신
예수 그리스도

십자가를 보면
왕으로 오셨지만 종처럼 살고
사랑과 희생을 몸소 보이신
예수 그리스도

죽은 지 사흘 만에 부활하시고

하나님 우편에 앉아 계시는
예수 그리스도

네 이웃을 내 몸과 같이
사랑하라고 하신
예수 그리스도

십자가는
내 등 뒤에서
나에게 힘을 준다

감사하는 마음

친구가 밥 한 끼 사주면 고맙다고 하면서

어머니께서 수십 년을 매일 밥을 해줘도

감사함을 모르고 살았습니다

공기의 소중함을 모르고 살았고

몸이 건강할 땐 감사함을 모르고 살았는데

건강을 잃고 나니

건강에 대한 감사함을 알았습니다

작은 것이라도 감사하는 마음으로 살고

나누고 베푸는 사랑하는 마음으로

물 한 잔의 소중함에 감사를 느낍니다

군대에서 죽은 친구를 생각하며

별빛보다 더 빛나던
너의 눈동자

보름달보다 더 환하던
너의 얼굴

태양보다 더 뜨겁던
너의 마음

너를 그리워할 때마다
살아있음을 느끼는 나

너는 가고 나는 살아있다
살아남은 자의 슬픔
니의 몫까지 안고 살아기리라

4부

동백꽃 필 무렵

동백꽃 필 무렵

겨울

여수 오동도에 가면

동백꽃 한창이다

피멍 든 몸으로 괴로운 마음으로

겨울 추위에 떨고 있는 동백꽃

몸부림치며 혼을 담아 부르는

오동도 전설

오동도 길을 걸으면

고난한 삶을 견디고 활짝 핀 동백꽃은

나를 위로한다

사랑하며 살라고 한다

농백꽃 필 무렵

내 삶에도 붉은 피가 끓어오른다

동백꽃

오동도 빈 의자엔

동박새 합창 소리가

옥구슬 되어 구르고 있다

동백꽃처럼 수줍던

첫사랑의 소녀가

그리워지는 날

서러운 눈물이 모여

바다가 되고

외로움을 달래기 위해

동백숲길을 거닐며

슬픔을 삼킨다

붉게 타오르는

정열의 동백꽃

가지에서 한 번,

땅에서 한 번,

가슴에서 한 번

새 번 피는 동백꽃

오동도 동백꽃을 보며

첫사랑이 그리워져

한참 바닷가에 서 있었다

그리움

여수시 미평동 집 앞
흙에서 구슬치기 딱지치기
비석치기 자치기 오징어게임 하면서 놀았다

그 친구들 지금은 어디에서
무얼 하고 사는지 궁금하다

지금은 흙에서 아스팔트로 변해버린
유년 시절의 땅

밥을 먹지 않아도 노는 게 재미있어
배고픔도 잊고 지내던 시절

축구하고 야구하고 달리기하던 유년 시절
아이 낳고 잘들 살고 있나
보고 싶은 친구들

그 시절 딱지 모으는 걸 좋아했는데

지금 생각하니 아무것도 아닌 거였다

논밭엔 개구리 올챙이 송사리 떼

고추잠자리 날아다니고 연날리기 하던 내 고향

실개천에는 물고기 미꾸라지 뛰놀던 곳

죽마고우 지란지교는

어디에서 무엇하고 사는지

친구들이 그리워진다

슬픈 여수

봄이면 영취산 진달래
여름이면 국동 상사화
가을이면 자산공원 코스모스
겨울이면 오동도 동백꽃 피는 여수

사랑은
봄 여름 가을 겨울에 피는 꽃처럼
슬프고도 외로운 것인가

꽃이 시들 때마다 나는
시름시름 앓았었고
점점 미쳐가고 있었다
피지 못하고 저버린
한 송이 꽃
비 갠 후 무지개가 뜨듯이
밤하늘엔 무수히 많은 별들이 뜬다
아니 밤 하늘엔 수많은 꽃들이 핀다

잊기 힘든 너를 보내고

새털처럼 가벼워지는 마음

상사화처럼 꽃과 잎이 만날 수 없어

찬란한

너 없이

봄이면 영취산 진달래

여름이면 국동 상사화

가을이면 자산공원 코스모스

겨울이면 오동도 동백꽃 피는

슬픈 여수

여수, 서른여섯

여수에서 사돈총각 결혼식이 있어서

내려간 적이 있었다

그날 나는 식장으로 가지 않고

여수 월호동에서 첫차를 타고

인력시장으로 갔었다

사무실 안에는 사람들이 10여 명 있었다

자판기 커피를 마시며 호명되기를 바라는 사람들

봉고차를 타고 아파트 건설 현장으로 갔다

봉고차에서 일꾼 하나가 내리자

나도 고개를 내밀었는데

문을 닫는 바람에

내 머리가 창문에 끼어버렸다

옥상에서 일을 하다가

난간에 오른발을 올리고 있었는데

지켜보던 사람이 사진을 찍더니

위험하니까 뒤로 돌아가라고 했다

나는 뒤를 돌아서 난간에서 내려왔다

임시 승강기를 탔는데 옆에 있던 사람이

처음 탔는데 무섭지 않냐고 해서

무섭지 않다고 했다

오후 3시경 현장에서 라면을 먹고

먼저 집으로 들어간다고 말하고 현장을 나왔다

거리를 걷다가 트럭에 쌓인 음료를 보니

어릴 적 친구 아버지가

연탄 배달을 하던 일이 생각났다

내 호주머니에는 5천 원

나는 택시를 타고 5천 원밖에 없으니

5천 원어치만 태워달라며 집으로 돌아왔다

코스모스

가을

자산공원 코스모스 한창이다

꽃이 필 때마다

새들이 노래하고

벌 나비 찾아든다

산책길에서 만난

코스모스는 사랑하라고

활짝 웃으며 말한다

오동도에는 관광객들로

붐빈다

코스모스 찻집에서

홀로 앉아서 차를 마신다

자산공원에 핀 코스모스는

따스한 햇살을 받고

바다를 내려다보고 있다

무등산에 갔었다

여수에서 광주 고속버스 터미널로 가는
첫차를 탔다

버스 안에는 사람들이 가득 차 있고
창밖 풍경은 아름다웠다

버스에서 내려 택시 타고
집결지인 무등산 입구로 갔다

먼저 온 사람들이 있었고
나도 조금 빨리 도착했다

우리는 산에 올랐고
잠시 쉬는 사이
소변을 보러 갔다가 똥을 밟았다

산에서 내려와

늦은 저녁을 먹었다

똥 냄새가 계속 따라다녔다

10월 저녁

낙엽이 바람 따라 흩날린다

외롭고 쓸쓸한 서울의 밤

별 하나 반짝인다

어두웠던 내 마음

햇살처럼 별처럼 따뜻하다

가을비는 내리고

날은 점점 추워지고

슬픔은 밀려온다

우울해지는 저녁

나는 시를 쓴다

산다는 것은 슬픈 눈물을 머금고

괴로움을 견디는 일

별 하나 반짝이는 서울의 밤

어둠이 깊을수록 별은 더욱 빛나고

그대의 사랑이 새가 되어

숲속에서 노래 부른다

앵두

유년 시절, 친구 할머니 댁 앵두나무에서
앵두를 따 먹은 적이 있었다

앵두는 바람과 햇볕, 비를 맞으며
빠알갛게 잘 익어 있었고
나는 달콤한 앵두 맛에 빠져 있었다

앵두 같은 사람이 되어 사람들에게
달콤함을 선물해 주는 사람이 되고 싶었다

작은 마을에 맑은 시냇물이 흐르고
그 곁에 있는 앵두나무는
나의 큰 기쁨이었다

지금도 앵두가 떠오를 때마다
입에 단물이 고인다

국동항에서

산이 부르면 산으로

바다가 부르면 바다로

꽃이 부르면 꽃에게로

갈매기가 부르면 갈매기에게로

파아란 바다 위에서

갈매기들은 시를 쓰고

외롭고 쓸쓸한 나는 바다에게

편지를 건네고 뒤돌아선다

외로운 날은 지나가고

즐거운 날은 오리라

슬픈 날은 지나가고

기쁜 날은 오리라

눈물 나는 날은 지나가고

웃는 날은 오리라

절망의 날은 지나가고

희망의 날은 오리라

미움의 날은 지나가고

사랑의 날은 오리라

꽃

꽃은

비바람 눈보라 칼바람

햇살 달빛 별빛

외로움 아픔을 견디면서

활짝 웃는다

진달래 상사화 코스모스 동백꽃

사계절 내내 꽃은 핀다

꽃은 우주를 빛나게 하는 모정이다

꽃은 우주를 이고 잠시 쉬어가는 삶이니

서로 사랑하며 살라고

말 한마디 툭 건넨다

피지 못하고 져버린 꽃들은 거름이 되고

다시 꽃으로 와서

세상을 환하게 밝힌다

나는 외로운 누군가의

꽃으로 와서 활활 타오르고 싶다

대천 바다

몸과 마음이 고단하면
눈물을 삼키고 사는
대천 바다가 떠오른다

아무도 모르게
한평생을 눈물로
자녀들을 키우는 어머니처럼

바다는 고래에서 새우에 이르기까지
사랑으로 키운다
별이 빛나는 바닷가에서
수박과 라면을 먹는다

바다에 태풍이 불고
거친 파도가 쳤을 때
누구 하나 손 내미는 자가 없었을 때
바다의 품은 따뜻했다

대천 바다

파도가 아카시아꽃처럼 피어나고

갯벌에서 바지락과 조개를 캐는 아낙네들은

증오라는 말을 털어버리고

아낌없이 내어주는 바다에게 사랑을 배운다

살아 숨 쉬는 대천 바다

네 영혼도 살아 숨 쉬는 것을 느낀다

고사리

수십 년 전 산에서 고사리를 본 적이 있었다
산에서 나고 자란 작은 손들이
여수 교동시장 할머니의 좌판 바구니에
다소곳이 앉아 있었다

산기슭에 모여 하늘과 땅, 숲과 나무,
꽃과 풀, 새와 나비, 다람쥐와 산짐승들과
함께 어울려 살던 고사리

고사리는 작은 도시의 시장 좌판에서
2천 원 3천 원에 팔려
검은 비닐봉지에 담긴 채
골목골목 사라지고 있었다

도둑 고양이에게

밑에서 밑에서
땅속 끝
울음소리 처량하다
고향의 노래
어머니의 노래

너의 눈빛이 무섭구나
너를 경계하는 나
사랑하는 마음으로
너를 대하고 싶다

너도 힘들지
평안한 삶이 되고
배고프지 않았으면 하는
나의 마음

오동도

가끔 외로울 때면 오동도가 떠오른다

동백꽃 만발하고 푸른 바다엔

파도가 노래한다

빈 의자에는 동박새 한 마리 앉아있고

동백꽃차 한 잔의 시름을 달래고

용이 살았다는 용굴에는 물거품이 피어오른다

분수대에는 가곡이 흐르고

물이 솟구쳐 오른다

여수 월호동에서

오동도까지 걸어서 간 적이 있다

외로운 내가 오동도를 찾을 때마다

파도 소리가 마중을 나왔고

바다는 출렁거리고 동백열차를 탄다

가끔 외롭고 쓸쓸할 때마다

오동도가 생각난다

눈 내리는 오동도

겨울
동백꽃 피면
오동도 활짝 웃는다

뚝 떨어지면
꽃방석 되고
노을이다

그때마다
거센 해풍이 불고
파도는 몸부림친다

너를 그리워할 때마다
나의 마음엔
동백꽃 피고
오동도 웃고
바다는 고요해진다

눈 내리는 오동도

동백꽃 핀다

관광버스를 타고 가다가

봉평, 이효석문학관을 가는
관광버스를 타고 가다
창밖을 보니 하늘에
새 한 마리가 날아가고 있다

들판에는 나무들이
일제히 춤을 추고 있다

나비 한 마리 풀밭에서
팔랑팔랑 날고 있다

고속도로 휴게소
음식점 옆에 공손히 앉아있는
참새 한 마리

여수 바닷가 언덕에서 놀던
유년 시절이 생각난다

풀벌레 노래

집에 있는데 어디에선가
풀벌레 노랫소리가 들린다

어머니의 잔소리 같고
여수의 푸른 바다 같고
파란 하늘 같다

나는 지금 여수에 있다

서울집에서 들었던
풀벌레 노랫소리가
듣고 싶다

단합여행

교회에서 새벽 예배를 드리고
관광버스를 타고 안수집사회에서
단양으로 단합여행을 떠났다

단양호에서 둘레길을 걸었다
산과 산이 마주 보고 있는 사이에는
물결이 흐르고 있다

장미 코스모스 만발하고 있었고
충주호에서 유람선을 타고
점심때에는 떡갈비에 돌솥밥을 먹고
케이블카를 타고 즐거운 시간을 보냈다

단양호 위에는 노담삼봉이 떠 있고
악어섬과 새끼 아기섬이 보였다

삼봉 정도전 동상 앞에서 숙연해졌고

집결지로 돌아와서 각자의 집으로 귀가했다

모처럼 나들이를 떠났는데
치유의 시간이 된 것 같다

봄

고양이 한 마리

다소곳이 앉아

슬프디 슬픈 노래를 부른다

너의 노래는

메마른 내 가슴에 단비가 되어

출렁거리며 파도가 친다

비바람 눈보라를 견디고

봄이 왔다

부지런한 숲이나 나무들은

푸른 옷을 갈아입고

봄과 함께

논두렁 밭두렁에서 연 날리던 어린 시절

맑은 실개천 물고기들

살아 숨 쉬고 놀던 곳

전남 구례군 용방면 신지리

고향의 봄이 그리워진다

창밖을 보면

집 안에서 창밖을 보면
바다와 섬과 산과
하늘이 펼쳐져 있다

그림 같은 경치는
마음의 안락을 주고

창밖을 보면
바다는 잔잔하고
섬은 외롭지도 않은지 떠있고
푸른 하늘에는
솜사탕이 흘러간다

새 한 마리 날아오른다

베란다에서 창밖을 보면
내 마음은 자연과 동화되고

지치고 힘들었던 날들이

주마등처럼 스쳐간다

집 안에서 창밖을 바라보면

고요한 마음에 여수 바닷가 풍경들은

수채화가 되어 들어온다

소

전남 구례에 사시는 큰아버지는
소를 키우고 있다
여물을 주고 똥을 치운다

소는 밭을 쟁기로 간다
삶을 노동으로 시작해서 노동으로 끝낸다

죽어서도
사람들에게 온몸을 다 내어주고
양식이 되어준다

새끼를 내다 팔 때마다
슬프고 선한 눈동자에 이슬이 맺히고
내 마음을 짠하게 한다

나는 순한 두 눈을 볼 때마다
연민의 정을 느낀다

한 줄의 시로 살아온 시간들

이 도 훈

(시인, 〈시마〉 발행인)

한 줄의 시로 살아온 시간들

이 도 훈

(시인, 〈시마〉 발행인)

시집 『한 줄의 시로 오늘을 건너다』는 한 줄의 시에서 시작된다. 임경록 시인은 젊은 날 우연히 마주한 한 편의 시, 그중에서도 단 한 줄의 문장에서 삶의 방향을 다시 발견한다. 절망의 한가운데서 건져 올린 그 문장은 시인을 다시 살아가게 했고 마침내 시를 쓰게 한 근원이 되었다. 이 시집은 그렇게 한 줄의 시가 한 사람의 삶을 어떻게 일으켜 세우는가에 대한 조용한 증언이다.

임경록 시인의 시선은 늘 낮고 따뜻하다. 일상의 소소한 풍경, 어머니의 삶, 바다를 터전으로 살아가는 사람들, 그리고 오래된 그리움이 머무는 동백꽃까지. 그의

시는 특별한 사건을 말하지 않지만 삶을 견디는 모든 순
간이 이미 충분히 숭고하다는 사실을 담담히 일깨운다.

이 시집에 흐르는 정서는 격렬한 외침이 아니라 오
래 바라봄에서 오는 깨달음이다. 삶의 무게를 견뎌낸 이
만이 건넬 수 있는 언어, 그 언어가 독자의 마음에 조용
히 스며들기를 바라는 마음이 시 전편에 배어 있다.

네 개의 부로 이루어진 이 시집은 한 사람의 내면을
따라 걷는 여정이자 우리 모두의 삶을 비추는 작은 등불
이 될 것이다.

한 줄의 시, 삶을 다시 걷게 하다

1부는 시인의 삶을 시로 이끈 근원에 대한 고백이다.
한 줄의 시가 절망의 깊은 밤에서 빛이 되어 다가왔듯
이 시편들은 언어가 인간을 어떻게 다시 일으켜 세우는
지를 보여준다. 시인은 거창한 철학 대신 살아 있음 자
체를 견디게 하는 시의 힘을 말한다.

1부에서 시는 문학적 대상이기보다 생의 동반자다.
한 줄의 문장이 삶을 버티게 하고 다시 꿈꾸게 하며 조
용히 내일로 나아기게 한다. 시인이 말하는 '보약 같은
시'란 결국 삶을 포기하지 않게 하는 마음의 언어일 것
이다.

시내버스를 타고 가다가

창밖을 봤는데

하늘 아래 흰 구름이 떠 있고

비행기가 날아간다

버스에서 내리니

칼바람이 불고

병원에 들렸다가 나와서

신호등을 기다리고 있었는데,

조그만 차도 앞에 트럭이 서 있었다

뒤에 있는 버스와 승용차들은

크락션을 빵빵 눌러대고 있었고

시끄러웠다

버스 정류장에 갔는데

사내 두 명이 다투고 있다가

버스를 타고 갔고

뒤에는 경찰차가 서 있었다

집으로 돌아오는 길에는

하늘에서 흰 눈이

내리고 있었다

-「외출」 전문

시인은 버스를 타고 이동하는 짧은 시간, 병원과 신호등, 정류장과 귀가길이라는 평범한 동선을 따라 삶의 풍경을 담담히 기록한다. 그러나 이 평범함 속에는 현대를 살아가는 한 개인의 고요한 긴장과 존재의 감각이 촘촘히 스며 있다.

「외출」은 특별한 서사 없이 하루의 한 장면을 따라간다. 하늘에 떠 있는 흰 구름과 날아가는 비행기, 칼바람, 병원, 경적 소리, 다툼, 그리고 눈 내리는 귀갓길까지. 이 모든 장면은 의도적인 감정의 설명 없이 나열되지만, 오히려 그 절제된 서술 속에서 삶의 무게가 또렷이 드러난다. 시인은 감정을 말하지 않음으로써 독자가 스스로 느끼도록 하고 있다.

특히 이 시에서 주목할 점은 '움직임'과 '정지'가 교차하는 방식이다. 버스를 타고 이동하지만 마음은 멈춰 있고, 시끄러운 도시 한복판에서도 시인은 조용히 세상을 바라본다. 외부의 소란과 대비되는 내면의 침묵은 삶을 관조하는 시인의 태도를 보여준다. 이는 삶을 회피하거나 부정하는 시선이 아니라 그 안에 머물며 견디는 태도에 가깝다.

마지막에 내리는 눈은 이 모든 하루를 덮으며 조용한 여운을 남긴다. 소란과 긴장, 무심한 풍경 위에 내려앉는 흰 눈은 세계를 잠시 멈추게 하며 시인에게도 독자에게도 숨 고를 틈을 내어준다. 이 장면은 1부 전체를 관통하는 정서, 곧 삶을 있는 그대로 받아들이는 고요한 시선을 상징적으로 보여준다.

1부의 시들은 이렇게 말없이 하루를 건너온 사람의 마음을 담는다. 삶이 벅찰수록 시인은 더 낮은 자리에서 세상을 바라보고 그 침묵 속에서 시는 조용히 시작된다.

신호등에 걸려

03번 마을버스를 놓쳤다

그 순간 주위를 둘러보았는데

벚꽃 개나리 진달래 민들레 풀꽃들이

만개하여 있었다

비둘기가 날고

나뭇가지에는 까치가 앉아 있었다

마을버스는 놓쳤지만

봄꽃들과 새들을 만났다

새들의 노래가 경쾌했다

마을버스는 지나갔고

다음에 온 버스를 탔다

놓친 것은 그냥 흘러가도록 놔두고

다가오는 것을 올라탔다

봄날

마을버스는 놓쳤지만

다음 버스를 기다리면서

봄꽃들과 새들을 만나는

행운을 얻었다

- 「마을버스를 놓치다」 전문

시인은 신호등 앞에서 버스를 놓치지만, 그 순간 시선은 자연으로 향한다. 벚꽃과 개나리, 진달래와 민들레 그리고 날아오르는 비둘기와 나뭇가지 위의 까치. 일상의 분주함 속에서 놓칠 뻔했던 세계가 조용히 모습을 드러낸다. 이 장면은 단순한 풍경 묘사를 넘어 삶이 우리에게 건네는 작은 위로이자 선물처럼 다가온다.

이 시에서 '놓침'은 결핍이 아니라 또 다른 만남의 조건이 된다. 마을버스를 놓쳤기에 봄을 만났고 서두르지 않았기에 삶의 숨결을 들을 수 있었다. 시인은 인생의 많은 순간이 그렇듯 우리가 애써 붙잡지 않아도 되는 것들이 있음을 담담히 보여준다. 흘려보내야 할 것은 흘려보내고 다가오는 것을 자연스럽게 맞이하는 태도―그것이 이 시가 건네는 삶의 지혜다.

어머니와 풀꽃, 삶의 뿌리를 바라보다

2부에서 시인은 어머니의 삶을 통해 인간 존재의 근원을 성찰한다. 풀꽃처럼 말없이 피고 지는 삶, 해와 달과 비와 바람 속에서 묵묵히 자식을 키워낸 어머니의 시간은 시인의 세계관을 이루는 중심축이다.

이 시들에서 어머니는 특정한 개인을 넘어 삶 그 자체를 상징한다. 화려하지 않지만 꿋꿋한 생의 태도, 그 속에서 자라난 존재의 감사와 존경이 조용히 전해진다. 풀꽃을 바라보는 시선은 곧 어머니를 바라보는 시선이며 동시에 우리 모두의 삶을 향한 따뜻한 이해로 확장된다.

어두운 거리에 가로등

어릴 적 내가 그랬듯

비둘기 두 마리 눈을 깜빡거리고 있다

새가 지저귀는 소리

어머니의 찬송가 부르는 소리

몸과 마음이 상처를 입고 있을 때

어머니는 나를 데리고 교회로 갔었고

늘 나를 위해 기도하셨다

지금은 서울로 이사 와서

15분 정도 걸리는 교회에 다닌다

교회 가는 길이 재미있다

옛날에 어머니께서 주님을 부르실 때마다

나는 공포스럽고 무섭고 두려웠다

마음이 괴로웠던 적이 있었다

못난 나 때문에 봉곡하시던 이머니

부모님을 공경해야 하는데

원망하고 미워했었다

열 달을 품고 빛을 보게 하신 어머니

하나님이 모든 사람을 돌볼 수 없어서

어머니를 보내셨다는 말이 있다

–「어머니」 전문

어머니라는 존재를 통해 삶의 근원과 인간 내면의 깊은 상처를 마주한다. 이 시에서 어머니는 단순한 가족의 의미를 넘어 삶을 견디게 하는 신앙이자 사랑의 형상으로 자리한다. 어둠 속 가로등 아래에서 들려오는 찬송가 소리, 새의 울음과 함께 겹쳐지는 기억들은 시인을 과거로 이끌며 삶의 가장 연약했던 순간들을 조용히 비춘다.

시인은 어린 시절의 두려움과 혼란, 어머니의 기도 앞에서 느꼈던 거리감과 반항을 숨기지 않는다. 그러나 그 솔직한 고백은 결국 이해와 화해로 나아간다. 상처 입은 자신을 품고 끝없이 기도하던 어머니의 모습은 시간이 흐른 뒤에야 비로소 사랑으로 인식된다. 원망과 미움의 기억조차도 이제는 삶을 지탱해 준 힘으로 되돌아온다.

　이 시에서 어머니는 개인을 넘어선 존재로 확장된
다. 삶의 고통 앞에서 무릎 꿇어 기도하던 한 사람의 모
습은 인간을 끝까지 포기하지 않는 사랑의 상징이 된다.
'하나님이 모든 사람을 돌볼 수 없어 어머니를 보내셨
다'는 고백은 인간의 삶을 떠받치는 가장 따뜻한 진실로
다가온다.

　아버지
　요즘 제가 건강이 많이 흔들리고 있어요
　속도 편치 않고 머리도 어지럽고
　힘이 많이 듭니다

　아버지도 많이 힘드시죠
　음식도 잘 못 드시고
　건강이 많이 안 좋으신 아버지
　이 못난 아들이 걱정이 많습니다

　목욕탕에서
　아버지의 등을 미는 순간
　힘이 들 것 같았는데
　힘이 들지 않더군요

아버지

여든다섯 해를 사시면서

얼마나 수고가 많으셨어요

고민하고 방황하던 제가

시를 씁니다

뭐가 시고 사는 게 뭔지 모르고

돈도 벌지 못하지만

묵묵히 이 길을 걸어갈 수밖에 없는

운명인가 봅니다

아버지

요즘 제가 힘이 듭니다

-「아버지께」 전문

　어머니의 기도와 사랑이 삶을 지탱하는 빛이었다면,
「아버지께」는 말없이 견뎌온 시간의 무게를 조용히 드
러낸다. 이 시에서 아버지는 많은 말을 하지 않는다. 그
러나 그의 삶은 그 자체로 하나의 긴 서사이며 자식의

몸과 마음에 깊은 흔적을 남긴다.

시인은 자신의 흔들리는 몸과 마음을 솔직하게 고백하며 아버지 앞에 선다. 건강이 무너져 가는 아버지를 바라보는 시선에는 연민과 죄책감 그리고 다 말하지 못한 사랑이 함께 담겨 있다. 목욕탕에서 아버지의 등을 미는 장면은 이 시의 중심 장면으로 삶의 무게가 고스란히 전해지는 순간이다. 그 등은 늙음의 표식이자 가족을 위해 평생을 견뎌온 노동의 기록이다.

이 시는 아버지와 아들의 관계를 감정적으로 과장하지 않는다. 대신 침묵과 체념 그리고 조심스러운 이해의 언어로 관계의 깊이를 드러낸다. 시인이 걷고 있는 길이 쉽지 않음을 고백하면서도, 그 길을 포기하지 않는 태도는 아버지로부터 이어진 삶의 자세이기도 하다.

부모는 삶을 가르치기보다 삶으로 남는다. 말없이 감내하고, 묵묵히 견디며, 자식이 자기 길을 걷도록 뒤에서 버텨 주는 존재로 그려진다. 이 시편들은 독자로 하여금 묻게 한다. 우리는 과연 부모의 시간을 얼마나 이해하고 있는가, 그리고 그들의 침묵에 얼마나 귀 기울여 왔는가를 ….

바다와 빛, 삶을 다시 향하게 하는 것들

3부의 시들은 삶의 무대가 내면과 가족을 넘어 바깥 세계로 확장된다. 시인은 바다와 사물, 그리고 빛이라는 상징을 통해 살아간다는 것의 의미를 다시 묻는다. 개인의 고통을 넘어, 세상과 호흡하며 삶을 긍정하는 시선이 한층 단단해진다. 시인은 시를 통해 삶이 고단할수록 더욱 단단해지는 인간의 내면을 보여준다.

마트에서 아이스크림을 사서 먹고
바닷가를 걷는다

새벽
넘너리 바닷가에는
낚시를 하는 사람들이 있고
달빛 환한다

방파제 옆을 홀로 거닐며
출항하는 선박들의 뱃고동 소리를 듣는다

거친 파도와 어둠을 뚫고 달리는
선박들의 힘찬 항해와

바다와 더불어 살아가는 바닷가 사람들

새벽안개를 가르며

만선을 꿈꾸는 뱃사람들의

소박한 삶

달빛을 이고 넘너리 바닷가를 거닐면

갈매기들의 힘찬 비상과 더불어

나의 꿈도 날아오른다

－「넘너리 바닷가」 전문

　「넘너리 바닷가」는 3부의 중심이 되는 시로, 바다를 삶의 터전으로 살아가는 사람들의 하루를 담담히 그려 낸다. 새벽 바닷가의 달빛, 뱃고동 소리, 만선을 꿈꾸는 뱃사림들의 모습은 고단하지만 포기하지 않는 삶의 의지를 상징한다. 홀로 걷는 시인의 발걸음은 어느새 갈매기의 비상과 겹쳐지며 개인의 꿈 또한 다시 날아오른다. 바다는 여기서 고독의 공간이 아니라 희망을 회복하는 장소로 기능한다.

어디서 흘렸는지

손가락을 보니

금반지가 보이질 않는다

금반지를 잃어버린 후

마음은 힘들고 괴로웠지만

미련은 두지 않기로 했다

금반지는 어디에 있을까

잃어버린 것은 잃어버린 대로

미련을 버리자

반지보다 더 값진 마음을 얻자

- 「반지」 전문

　「반지」는 상실을 대하는 태도를 조용히 성찰하는 시다. 잃어버린 금반지는 물질적 가치의 상징이지만 시인은 그것에 집착하기보다 미련을 내려놓는 선택을 한다. 이 시는 잃어버림이 곧 결핍이 아니라 더 값진 마음을 얻는 계기가 될 수 있음을 담담하게 말한다. 삶에서 놓아야 할 것과 지켜야 할 것에 대한 성찰이 짧은 언어 속에 응축되어 있다.

아파트 승강기가 고장 나서

11층까지 계단으로 걸어서

올라간 적이 있었다

중간쯤 올라가는데

자동 형광등이 켜지질 않는다

암흑이었다

공포가 밀려왔다

아래에서 어머니께서 올라오시자

아래층 불빛이 켜졌고

나는 휴대폰 불빛을 켜고

무사히 11층까지

편히 올라올 수가 있었다

암흑은 공포였다

빛의 소중함을 배웠다

누군가의 한 줄기 빛이 될 수 있도록

두 손 모아 보았다

-「빛」 전문

「빛」은 3부의 정서를 사유의 깊이로 이끈다. 어둠 속 계단에서 느낀 공포와, 아래에서 올라오는 어머니의 불빛, 그리고 휴대폰의 작은 빛은 '빛'의 물리적·정신적 의미를 함께 드러낸다. 이 경험을 통해 시인은 빛이란 누군가의 길을 밝혀주는 존재임을 깨닫고 자신 또한 타인의 한 줄기 빛이 되기를 소망한다.

3부의 시들은 결국 삶을 다시 향하게 하는 힘에 대한 이야기다. 바다는 견디는 법을 가르치고, 상실은 내려놓음을 배우게 하며, 빛은 함께 살아가는 이유를 일깨운다. 이 시편들은 고단한 현실 속에서도 삶이 여전히 앞으로 나아갈 수 있음을 조용하지만 분명하게 말하고 있다.

동백꽃, 그리움은 또 붉게 피어오르다

4부의 시들은 기억과 그리움이 가장 깊은 곳에서 피어나는 지점에 놓여 있다. 시인은 삶의 여정을 다시 고향의 풍경으로 돌려보내며, 지나간 사랑과 시간, 그리고 자신이 걸어온 길을 조용히 마주한다. 오동도와 여수는 단순한 지명이 아니라 시인의 내면을 지탱해 온 정서적 귀향의 장소로 기능한다.

오동도 빈 의자엔
동박새 합창 소리가
옥구슬 되어 구르고 있다

동백꽃처럼 수줍던
첫사랑의 소녀가
그리워지는 날

서러운 눈물이 모여
바다가 되고
외로움을 달래기 위해
동백숲길을 거닐며
슬픔을 삼킨다

붉게 타오르는
정열의 동백꽃

가지에서 한 번,

땅에서 한 번,

가슴에서 한 번

새 번 피는 동백꽃

오동도 동백꽃을 보며

첫사랑이 그리워져

한참 바닷가에 서 있었다

-「동백꽃」 전문

　「동백꽃」은 이 부의 정서를 상징적으로 드러내는 시다. 오동도의 빈 의자, 동박새의 합창, 붉게 타오르는 동백꽃은 첫사랑의 기억과 겹쳐지며 깊은 서정을 만들어낸다. 한 번 더 피어나기 위해 세 번의 아픔을 견디는 동백꽃은 사랑과 상실을 품고 살아온 인간의 마음을 상징한다. 이 시에서 그리움은 아픔이면서도 삶을 따뜻하게 지켜주는 감정으로 남는다.

여수에서 사돈총각 결혼식이 있어서

내려간 적이 있었다

그날 나는 식장으로 가지 않고

여수 월호동에서 첫차를 타고

인력시장으로 갔었다

사무실 안에는 사람들이 10여 명 있었다

자판기 커피를 마시며 호명되기를 바라는 사람들

봉고차를 타고 아파트 건설 현장으로 갔다

봉고차에서 일꾼 하나가 내리자

나도 고개를 내밀었는데

문을 닫는 바람에

내 머리가 창문에 끼어버렸다

옥상에서 일을 하다가

난간에 오른발을 올리고 있었는데

지켜보던 사람이 사진을 찍더니

위험하니까 뒤로 돌아가라고 했다

나는 뒤를 돌아서 난간에서 내려왔다

임시 승강기를 탔는데 옆에 있던 사람이

처음 탔는데 무섭지 않냐고 해서

무섭지 않다고 했다

오후 3시경 현장에서 라면을 먹고

먼저 집으로 들어간다고 말하고 현장을 나왔다

거리를 걷다가 트럭에 쌓인 음료를 보니

어릴 적 친구 아버지가

연탄 배달을 하던 일이 생각났다

내 호주머니에는 5천 원

나는 택시를 타고 5천 원밖에 없으니

5천 원어치만 태워달라며 집으로 돌아왔다

- 「여수, 서른여섯」 전문

「여수, 서른여섯」은 시인의 삶이 가장 낮은 자리에서 드러나는 시다. 결혼식 대신 인력시장으로 향했던 하루, 건설 현장의 위험한 순간들, 주머니 속 5천 원으로 돌아오는 귀갓길은 화려하지 않은 삶의 이면을 정직하게 보여준다. 이 시는 자기 연민이나 과장을 배제한 채, 한 시절을 담담히 기록함으로써 삶의 존엄을 오히려 또렷하게 드러낸다.

가끔 외로울 때면 오동도가 떠오른다

동백꽃 만발하고 푸른 바다엔

파도가 노래한다

빈 의자에는 동박새 한 마리 앉아있고

동백꽃차 한 잔의 시름을 달래고

용이 살았다는 용굴에는 물거품이 피어오른다

분수대에는 가곡이 흐르고

물이 솟구쳐 오른다

여수 월호동에서

오동도까지 걸어서 간 적이 있다

외로운 내가 오동도를 찾을 때마다

파도 소리가 마중을 나왔고

바다는 출렁거리고 동백열차를 탄다

가끔 외롭고 쓸쓸할 때마다

오동도가 생각난다

－「오동도」 전문

　「오동도」는 외로움이 다시 삶을 견디게 하는 힘으로 전환되는 공간을 그린다. 동백꽃과 바다, 파도 소리와 동백열차는 시인을 맞이하는 위로의 풍경이다. 시인은 외로울 때마다 이곳을 찾고 그때마다 자연은 말없이 곁을 내어준다. 오동도는 기억의 장소이자 삶이 다시 숨을 고르는 쉼터로 자리한다.

4부의 시들은 결국 삶이 돌아갈 수 있는 마음의 고향에 대한 이야기다. 그리움은 상처가 아니라 살아왔음을 증명하는 흔적으로 남는다.

이 시집은 한 사람의 삶을 관통하는 조용한 기록이다. 한 줄의 시에 의해 다시 시작된 삶은 일상의 풍경을 지나 부모의 품을 통과하고, 바다와 노동의 현장을 건너 마침내 그리움이 머무는 장소로 돌아온다. 네 개의 부는 각각 다른 풍경을 담고 있지만 모두 삶을 견디는 인간의 태도라는 하나의 질문으로 이어진다.

시인은 삶을 미화하지 않는다. 고단함과 상실, 외로움과 흔들림을 숨기지 않되 그것을 비관으로 몰아가지도 않는다. 대신 삶을 받아들이는 법, 내려놓는 법, 그리고 다시 걸어가는 법을 시로 보여준다. 이 시집의 언어가 절제되어 있는 이유도 여기에 있다. 말이 적기에 삶의 무게는 더 깊게 전해진다.

이 시집은 화려한 언어보다 진실한 순간을 믿는다. 병원과 버스 정류장, 인력시장과 바닷가, 오동도의 동백

숲길까지. 이 평범한 장소들은 시인의 시선 속에서 삶의
본질을 비추는 공간이 된다. 결국 이 시집이 독자에게
건네는 것은 문학적 기교가 아니라 오늘을 살아낼 수 있
게 하는 조용한 위로다.

　한 줄의 시가 한 사람을 살렸듯, 이 시집 또한 누군가
의 하루를 견디게 하는 작은 빛이 될 것이다. 그 빛은 오
래도록 그리고 조용히 마음에 남을 것이다.

공감시인선 70
한 줄의 시로 오늘을 건너다
ⓒ 임경록, 2026

지은이_ 임경록

발행인_ 이도훈
펴낸곳_ 파란하늘
초판발행_ 2026년 2월 10일

사무실_ 서울시 서초구 법원로3길 19, 2층 W109호
          (서초동, 양지원빌딩)
전 화_ 02) 595-4621, 010-6722-4621
팩 스_ 0504-227-4621
이메일_ flyhun9@naver.com
홈페이지_ http://dohun.kr

ISBN_ 979-11-94737-49-0 03810
정 가_ 14,000원